我的心灵能量加油站

[西]玛门·杜奇 著
[西]劳尔·涅托·古里迪 绘
刘文君 译

放 松

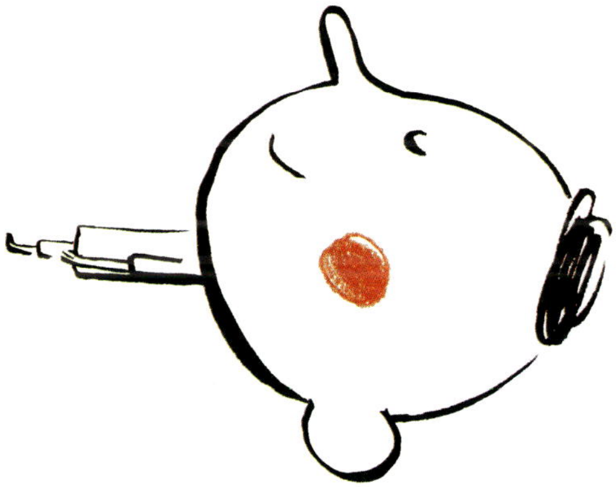

GUANGXI NORMAL UNIVERSITY PRESS
广西师范大学出版社
·桂林·

FANGSONG

出版统筹：汤文辉　　责任编辑：宋婷婷　戚　浩
质量总监：李茂军　　美术编辑：刘冬敏
选题策划：郭晓晨　张立飞　　营销编辑：钟小文　宋婷婷
责任技编：郭　鹏　　版权联络：郭晓晨　张立飞

著作权合同登记号桂图登字：20-2021-319 号

图书在版编目（CIP）数据

我的心灵能量加油站. 放松 /（西）玛门・杜奇著；（西）劳尔・涅托・古里迪绘；刘文君译. 一桂林：广西师范大学出版社，2022.1
ISBN 978-7-5598-4476-7

Ⅰ. ①我… Ⅱ. ①玛… ②劳… ③刘… Ⅲ. ①儿童故事一图画故事一西班牙一现代 Ⅳ. ①I551.85

中国版本图书馆 CIP 数据核字（2021）第 238267 号

广西师范大学出版社出版发行
（广西桂林市五里店路 9 号　邮政编码：541004
网址：http://www.bbtpress.com）
出版人：黄轩庄
全国新华书店经销
北京尚唐印刷包装有限公司印刷
（北京市顺义区牛栏山镇腾仁路 11 号　邮政编码：101399）
开本：787 mm × 920 mm　1/16
印张：2.5　　字数：80 千字
2022 年 1 月第 1 版　　2022 年 1 月第 1 次印刷
定价：24.00 元

目　录

导 读

怎样才能帮助小朋友们
放松下来并集中精神呢？

我想大家应该听说过“心无杂念”这个词吧？它其实是一种完全集中精神的状态。为了达到这种状态，人们会使用一些技巧，比如深呼吸、放松身体和创造性想象。

其中，创造性想象是一门艺术，它利用我们已经知道的事情，通过脑海中的影像，促使我们在生活中做出积极的改变。这种技巧能够帮助我们到达自己内心的深处，去发现那些让我们变得更好的东西：自信、自尊、专注力、创造力、直觉等等。

我们为什么不让小朋友们从小就开始使用这些技巧呢？

安静，放松……

想来玩个游戏吗？在你的脑海中想象这样的场景：电影院中有一个大大的白色荧幕，你可以在上面放映你喜欢的电影。或许荧幕上的画面让你觉得害怕，也或许那画面很美妙，能让你勇气满满，并且把你内心深处的最大潜力激发出来。

这个电影院的好处就是你可以来去自如，并且它是免费的！你只要插上想象的翅膀，找到一个舒服、安静的地方，选一个坐多久都不会觉得难受的姿势坐下。手臂交叉、背挺直，或者干脆平躺下来。闭上眼睛，然后深呼吸三次。

此刻的你已经达到了专注、放松的状态。想象开始放映你自己的“电影”吧。你想成为一根意大利面吗？或者一只蝴蝶？或者一颗在太空中遨游的闪亮的星星？

请保持安静，“电影”开始了。

意大利面

1

知道意大利面吗？你肯定知道。在脑海中想象一根硬邦邦的意大利面。你看见了吗？现在想象你就是这根意大利面。感觉到了吗？你的身体也变得僵硬了……

2

想象你已经被浸泡在一个锅里，或者沉浸在一个充满泡泡、有点儿烫的游泳池里……

3

和平时吃到的意大利面一样，你在锅里，随着沸水跳舞。渐渐地，你会觉得身体漂了起来，并且正在变得越来越柔软：你的手脚，胳膊和腿，膝盖，前胸、后背，腰部，脖子，甚至脑袋。

4

你明显感觉到身体已经完全放松下来了。

既柔软又筋道！

马上就可以上桌了！

一棵特别的树

1

你坐在一片广阔、翠绿的草原上。有一棵树正好长在了草原中央，你静静地看着它。

2

这是一棵特别的树——它有着巨大的树根，就藏在地下；树干又直又粗，直插云霄；有很多树枝从树干上生长出来，但是上面都没有叶子。在一根树枝上有一张纸，上面写着：“我是烦恼树，你可以把你的烦恼挂在这儿。”

3

回想一件曾经发生在你身上，但是你不喜欢的事情（比如某次争吵、一场噩梦等等）。现在想象一下，你把这件事情从自己身上拿下来，就好像摘下背包或者脱掉外套一样。你把它挂在树枝上。你有没有感觉整个人都变轻了？身体越轻，你就会越平静。

4

注意看，有一根树枝上长出了一片绿叶，上面写着：“许一个愿望。”

快点儿，许个愿望吧！

现在慢慢呼吸。要相信，当合适的时机到来时，你的愿望就会实现。

我是烦恼树，你可
以把你的烦恼挂在这儿。

蝴蝶

1

你放松地躺在一张吊床上，慢慢地摇晃着。这时你看到一只蝴蝶在你的上方飞舞。

注意看它翅膀上面的颜色，以及它飞行时翅膀如何摆动。

2

突然，蝴蝶落到了你的鼻尖上。保持安静，不要动！你也不想让它飞走吧？注意看它是怎样慢慢地张开和合上翅膀的。

张开，合上；张开，合上……

3

你会觉得你的呼吸平静了下来，渐渐跟随蝴蝶挥动翅膀的节奏，变得越来越慢。

张开，合上；吸气，呼气……

4

直到蝴蝶把翅膀合上，不再张开为止。现在，它在那儿一动不动，好像睡着了一样。

你要想象自己就是这只蝴蝶，放松、自由又轻盈。

4种元素

1

想象你躺在一片海滩上，身体紧紧贴着**大地**。你把身体所有的重量都压在了沙子上。你感觉到沙子粘在你的背上和腿上，柔软、光滑，还热热的……

2

现在你注意到海浪打湿了你的脚掌。你感觉到**海水**来来去去，让你的脚很凉爽。

3

之后，你开始感觉到你的胸部和脸蛋有点儿热。**阳光**温暖着你，让你充满能量！

突然，一阵**微风**吹来，轻抚着你的脸，在你耳边悄悄地告诉你一个秘密：“呼呼呼呼。”

4

你很放松并且感觉全身能量满满了！

大地、海水、阳光，还有微风，要感谢它们！

彩色的云

1

想象一片有云的天空，观察云是怎样飘动的。选择一朵白色的云，然后将它涂成红色，也就是代表生气的颜色。回想所有让你感觉生气的事情，今天发生的、这周发生的、更早之前发生的……

2

你越想越生气，整朵云都被涂成了红色。让它飘走吧，直到这朵云消失。这样你的火气也会消失不见。

同样，你还可以用蓝色来涂云朵，这是代表伤心的颜色。之后用黑色，这是代表害怕的颜色。然后让这些云都飘走，这样，伤心和害怕也都会消失。

3

想象一朵绿色的云。绿色代表放松。一片绿色的云慢慢地盖住你的脚，然后一点点儿升高。它经过你的腿，环绕着你的腰，渐渐浮上来，直到脖子。现在你的全身都已经是绿色的了，整个人都放松了。

4

一束金色的阳光照到了你的脸上，让你微笑了起来。这是快乐的颜色。

你感到既开心又放松！

星星

1

平躺在地上或者床上，把胳膊和腿伸展开，就好像你要把自己的身体变成一颗五角星一样。

2

现在想象一下，在你肚子中间有一个白色的光点，就在肚脐上面。刚开始的时候，你感觉有些紧张。慢慢地，它开始蔓延到你的整个身体：肚子，胸部，胳膊，腿部，头部，直到你身体的五个“角”被完全照亮。

现在，你是一颗闪闪发光的星星了！

3

感受一下你的光芒，既明亮又闪耀……你还看到身边有其他的发光点，你发现自己被明亮的星星包围了。

4

你看，那些在夜空中闪耀着的，是你和其他星星，你们共同构成了无边的宇宙。

练习建议

地点、时间、怎么做

地点：练习放松，最理想的地点是一个安全的、安静的、有阳光的地方。你也可以在教室、家里、户外等等，地点随处可选，最重要的是要练习。

时间：当你因为紧张、焦虑而需要放松的时候，或者任何你想要放松的时候。

晚上睡觉前是很适合做放松练习的，早晨也可以。放松练习可以帮助你缓解压力并集中精神。

怎么做：把眼睛闭上会有助于想象，但是如果你不想这样做也没关系，可以随意一点儿。

推荐的姿势

简易坐式：双腿交叉坐下，背挺直。这其实是瑜伽中用于冥想的一种简单姿势。可能你的爸爸妈妈很熟悉这个姿势。

平卧式：面朝上平躺在地上，伸展腿和胳膊，手掌向上。这种姿势能使身心平静和统一，这是放松练习的第一步。

坐式：坐在一把椅子上，脚贴地，把手自然地放在腿上。

和爸爸妈妈一起做

意大利面

最好采用平卧式，让地面完全支撑起身体。

在想象结束后，确保周围没有任何障碍，轻轻移动胳膊和腿，感受一下是否放松了。

一棵特别的树

可以站着练习，也可以采用简易坐式或者平卧式完成。如果你愿意，你可以花一点儿时间和爸爸妈妈交流一下想象的内容。各自说出在想象中做了什么，这点很重要。

（注意：爸爸妈妈不要对此作出评判，不要急于询问孩子在树上挂了什么，在担忧些什么，许了什么愿望。如果小朋友不愿意解释他们的想象，就不要强迫他们。重要的是他们已经把深埋在内心的东西释放了出来。）

蝴蝶

可以站着或者躺着练习，尤其是躺在床上准备睡觉时，是进行这个练习的一个好时机。

4种元素

可以站着或者躺着练习。这个想象有助于感受大自然，并在平静中获得大自然的能量。最好在早上或者白天练习。

彩色的云

可以站着或者躺着练习。这个想象需要多花一点儿时间。它需要我们能够想象并记住那些我们希望涂色的云。此外，我们也需要花一点儿时间来问自己：“是什么让我产生愤怒、悲伤和恐惧的情绪？”与“一棵特别的树”的练习一样，你如果愿意的话，也可以和爸爸妈妈解释并分享自己的想象。

星星

必须使用平卧式练习。胳膊和腿微微伸展开，摆出一个星星的形状。可以请爸爸妈妈帮忙，在你的肚脐上方放置一束白色的光源，比如让你用手托着一个小小的手电筒。之后你就可以想象，这束光蔓延到了你的整个身体。

这是一种从最微小之处延伸到广阔宇宙的想象，它能把我们的内心和宇宙连接起来。

玛门·杜奇于1991年获得表演学学位之后，出演过多部电影、电视剧和戏剧，还创立过戏剧公司。此外，她还是瑜伽学校 Yogui Kids 的创始人，培养出了许多瑜加教育学领域的教师。她于2008年获得纽约卡尔玛（Karma）儿童瑜伽学校教师资格认证，在完成“给每个孩子的瑜伽课”项目后，还获得了特殊儿童瑜伽教师资格认证。同时，她致力于社会活动，向人们传播瑜伽、戏剧在生活中的积极作用。她也将自己的经历和感想写下来，出版了畅销书《玛雅和瑜伽》。

劳尔·涅托·古里迪出生于西班牙塞维利亚，曾就读于当地的美术学院学习绘画专业。从上大学起，他便开始参与各种与图像、设计、印刷及宣传有关的工作。自1995年起，他专注于研究多媒体领域的图像艺术，陆续在童书、戏剧海报、舞蹈活动中发布作品，为《阅读的喜悦》一书创作了封面，与多个非政府组织进行合作等。他的书被翻译成九种文字，并获得过多个国际插画奖项。